Carnet d'un voyage à La Haye

L'Afrique qui se bat
Collection dirigée par Lazare KOFFI KOFFI

Déjà parus

Robert-Jonas Kouamé Bibli, *Briser le joug des ombres*, poésie, 2020.
Konan Roger Langui, *Ethique et problématique d'une critique africaine fondamentale*, essai, 2020.
Lazare Koffi Koffi, *Il est l'heure !*, poésie, 2020.
Jean-Claude Djéréké, *L'Afrique francophone est-elle condamnée ?*, 2020.
Jean-Claude Djéréké, *L'Afrique francophone peut-elle s'en sortir ?*, 2020.
Lazare Koffi Koffi, *Eboué, un village lacustre du Sanwi. Des origines au milieu du XX*[e] *siècle*, 2018.
Justin Koné Katinan, *Economie et développement en Afrique. La contradiction principale*, essai, 2018.
Lazare Koffi Koffi, *Les animaux sauvages se mangent entre eux*, roman, 2018.
Jean Améa Kouadio, *Cris séditieux*, poésie, 2018.
Jean-Claude Djéréké, *L'Afrique doit être libre et souveraine*, 2017.
Lazare Koffi Koffi, *Côte d'Ivoire. L'évangélisation du Sanwi. 1637-1960*, 2017.
Robert-Jonas Kouamé Bibli, *Côte d'Ivoire. Vers un nouvel ordre plus juste*, 2017.
Lazare Koffi Koffi, *S'il y eut un soir, il y aura un matin*, poésie, 2017.
Lazare Koffi Koffi, *Méditations silencieuses*, poésie, 2017.
Blaise Guéi Tiéoulé, *Otages*, roman, 2016.
Lazare Koffi Koffi, *Côte d'Ivoire. L'énigme des 3000 morts. La France au cœur du génocide ivoirien*, 2016.

Sébastien Vondoly

Carnet d'un voyage à La Haye

Poésie

Préface de Lazare Koffi Koffi

L'Harmattan

Du même auteur

Les Étoiles d'outre-ciel, anthologie de la poésie togolaise, Préface d'Hélène Estradère, Éditions de la Rose Bleue, Lomé, 2007.

L'hymne d'un prince sans royaume, poèmes, Préface de Robert Dussey, Éditions Awoudy, Lomé, 2011.

Le murmure des martyrs, poèmes, Préface du Professeur Magloire K. Kuakuvi, Éditions Continents, Lomé, 2012.

Les secrets de Paul AHYI, poèmes, Préface de Me Joseph Kokou Koffigoh, Éditions Continents, Lomé, 2013.

Quand naîtra un homme comme toi, poèmes, avec David E. Accoh, Préface de Steve Bodjona, Éditions Continents, Lomé, 2014.

Le journalisme au Togo, contraintes et réalités du terrain, *enquête*, Préface de Gilles Bocco, Éditions Continents, Lomé, 2015.

Le temps d'une vie, poèmes, préface de Sophie Champenois, Editions GNK, Abidjan, 2018.

5-7, rue de l'Ecole-Polytechnique, 75005 Paris

http://www.editions-harmattan.fr

ISBN : 978-2-343-21854-0
EAN : 9782343218540

À Laurent GBAGBO ;

À Simone EHIVET ;

Au peuple ivoirien.

REMERCIEMENTS

Je tiens vivement à dire sincère merci à tous ceux qui, de près ou de loin, ont contribué à la réalisation de cette œuvre.

Merci au ministre Lazare KOFFI KOFFI, pour son amitié, surtout pour sa disponibilité en acceptant de rédiger la préface de cette œuvre.

Merci à tous mes amis ivoiriens qui m'ont toujours offert une hospitalité exceptionnelle lors de mes séjours dans leur beau pays.

PRÉFACE

Le président togolais Gnassingbé Eyadéma, désigné par ses pairs de la CEDEAO comme coordonnateur d'une médiation entre le pouvoir d'Abidjan et les rebelles du Mouvement patriotique de Côte d'Ivoire (MPCI) qui avaient attaqué le 19 septembre 2002, la Côte d'Ivoire, avait laissé entendre, le 30 octobre 2002, à l'entame des premières négociations à Lomé entre les forces belligérantes, ce proverbe bien connu en Afrique :

« *Lorsque la case de ton voisin brûle, il faut l'aider à éteindre le feu* ».

Il a exprimé ce dicton pour expliquer à l'opinion mondiale pourquoi il s'était proposé à aller au secours du peuple ivoirien et aider celui-ci à retrouver la paix, alors qu'il n'était pas le président en exercice de la CEDEAO[1].

Cette attitude du chef de l'État togolais trouve son explication dans la mentalité africaine :

- D'abord il est une réalité que l'esprit de la solidarité est dans l'âme des Africains. En effet, en Afrique, on porte secours presque instinctivement à celui qui est en situation de danger, on court vers celui qui est en difficulté, conscient que *ce qui arrive à mon frère aujourd'hui, peut arriver à moi demain.* Aussi, la non-assistance de personne en danger est-elle considérée

---

[1] Le président de cette institution sous régionale était à cette époque, le président sénégalais Me Abdoulaye Wade. En vue d'établir un contact entre le pouvoir d'Abidjan et les assaillants, amener ceux-ci à cesser les hostilités, et à ramener le calme en Côte d'Ivoire, un groupe de contact composé des chefs d'Etat du Ghana, de la Guinée-Bissau, du Mali, du Niger, du Nigéria et du Togo avait été mis en place au cours d'une session extraordinaire de la CEDEAO tenue à Accra, le 29 septembre 2002. Le président Eyadéma fut choisi coordonnateur de la médiation.

comme un acte asocial fort réprouvé. C'est que dans l'esprit des Africains, tous les peuples noirs sont des frères et leur continent a toujours été vu comme un seul village, que dis-je ? une seule région du monde où ils se sentent chez eux et où ils ont *un devoir de solidarité* les uns envers les autres pour supporter les vicissitudes de la vie. Les frontières qui existent entre les différents peuples africains et qui les confinent dans des États arbitrairement formés, on le sait, ne sont pas de leur fait ; elles ont été créées par le colonisateur blanc pour morceler leurs terres, piller leurs richesses et satisfaire les besoins du capitalisme. Cependant, ces barrières artificielles n'ont pas réussi à « tuer » en l'homme africain son instinct de fraternité. De sorte que, partout, parce qu'il est indécent et amoral de rire du malheur de l'Autre, il est coutumier d'observer dans nos sociétés africaines, les peuples exprimer leur élan de cœur à porter secours à ceux qui vivent des drames existentiels comme ceux provoqués par les guerres, les conflits postélectoraux, les maladies endémiques, les famines, les inondations et les sécheresses.

- Ensuite, la Côte d'Ivoire est un pays essentiel pour la sous-région et aussi pour toute l'Afrique, non seulement, par sa présence qualitative et constante sur la scène internationale pour défendre la cause africaine et participer à la construction de l'unité africaine, mais aussi par son poids économique dans l'espace ouest-africain qui lui a permis de soutenir l'émergence de plusieurs pays. Pour ces raisons, il y a une sorte de *dette morale* de tous les Africains envers ce pays qui a très souvent répondu à leurs sollicitations.
- Enfin, c'est un pays d'hospitalité qui a toujours pratiqué une politique d'ouverture de ses frontières à de nombreux ressortissants des pays voisins qui sont venus s'y installer et y faire fortune. Cette ouverture a permis un

brassage humain important et profond grâce aux connexions matrimoniales. De nombreux Togolais, Béninois, Ghanéens, Burkinabé, Maliens, Guinéens, Sénégalais et même Camerounais et Congolais ont pu fonder des familles humaines avec des Ivoiriennes ou nouer de nombreuses relations en terre ivoirienne. Par reconnaissance à cet élan d'humanité, les Africains ne pouvaient donc pas rester insensibles au drame qui prenait forme dans ce pays d'accueil.

Alors qu'on pensait que la crise éclatée en 2002 allait être vite jugulée, c'est avec amertume et colère qu'on l'a vue se poursuivre et atteindre son paroxysme en 2010, avec l'intervention militaire coalisée des forces françaises, onusiennes et de l'ECOMOG qui ont pris d'assaut les édifices où sont logées les institutions de la République. Tous les Africains ont suivi, soit en témoins directs des conflits soit à travers les chaînes de télévision internationales, le piétinement et l'écroulement de l'indépendance, le bombardement de la souveraineté, l'étranglement de la démocratie, la chute et la déportation d'un chef d'État africain élu. Et l'on a vu les assassins des espoirs de l'Afrique jubiler dans les médias de service et sabrer le champagne pour arroser le renversement d'un leader africain ! Encore un autre ! Un autre insoumis du sang de Gbéhanzin du Danxomè, de Samory Touré du Manding, de Kadjo Amangoua de Bonoua, de Rainilaiarivony de Madagascar, tous du 19e siècle, et tout près de nous, de Patrice Lumumba Eméry du Congo, d'Amilcar Cabral de la Guinée-Bissau, de Thomas Sankara du Burkina Faso, etc. Tous, pour avoir revendiqué, la souveraineté de leur pays, ont été combattus, vaincus, humiliés par le colonisateur blanc. Ils ont été soit déportés en Martinique ou au Gabon, ou encore en Algérie, soit ont payé de leur vie, leur témérité. Avec ce qui s'est passé sur les bords de la lagune ébrié, l'histoire a semblé se répéter sous nos yeux hébétés en plein début du 21e siècle : Laurent Gbagbo, un autre digne fils de l'Afrique, a été combattu, déporté et interné à La Haye en Hollande.

Lorsque les bombes ont crépité sur le toit majestueux de la résidence présidentielle, ils ont été nombreux, les Africains qui, parce qu'ils avaient de la famille ou des amitiés en Côte d'Ivoire, ou simplement par sympathie pour le peuple ivoirien, ont suivi et vécu le cœur serré, de loin ou de près, au fil des jours de la crise postélectorale, le déploiement des scènes cauchemardesques qui ont marqué le retour au pays d'Houphouët-Boigny, de la répression néocoloniale française. Parmi ces Africains, il y a eu d'illustres personnalités dont les plus célèbres ont été l'ancien président ghanéen John Jerry Rawlings connu pour ses idées indépendantistes et souverainistes[2] et surtout l'ancien Premier ministre togolais Joseph Kokou Koffigoh qui a exprimé clairement sa solidarité et son soutien indéfectible à travers ses écrits poétiques et ses actions engagées au président Laurent Gbagbo son ami[3].

---

[2] Le président John Jerry Rawlings a été le premier en tant qu'ancien chef d'Etat à prendre ouvertement position contre l'ingérence des puissances impérialistes occidentales dans la crise postélectorale ivoirien. Il a pris fait et cause pour le président Laurent Gbagbo à qui il n'a pas caché sa sympathie. Non seulement il a été l'initiateur de *l'appel urgent du Forum des Anciens Présidents et Chefs d'Etat de l'Afrique à Fatou Bensouda,* publié le 27 août 2015, mais l'année suivante il a préfacé l'ouvrage collectif publié sous la direction du professeur Raymond Koudou Kessié intitulé : *Le procès de la CPI contre le président Laurent Gbagbo. Et si la politique quittait le prétoire,* L'Harmattan, Paris, 2016.

[3] Pour participer au combat de libération du président Laurent Gbagbo, le Premier ministre Joseph K. Koffigoh et l'écrivain ivoirien Bernard B. Dadié ont initié conjointement une pétition en 2016. Cette pétition a récolté plus de 25 millions de signatures. En plus de cette pétition, Koffigoh a écrit de nombreux poèmes qui ont marqué les grands moments de la vie en détention de son illustre ami. La plupart

D'autres Africains, des écrivains particulièrement des poètes comme le Camerounais Thierry Mbepgue Tafam, combattant invétéré pour la cause panafricaine, plus modestement, ont pleuré avec les Ivoiriens et ont mis leurs plumes à leur service pour dénoncer la forfaiture dont ils sont l'objet et le braquage de leur pays par les forces impérialistes et leurs affidés locaux.

Tout comme Mbepgue surnommé « l'Africain », dans son œuvre *Tourbillon d'émotions*[4], le Togolais Sébastien Vondoly, a rejoint par sa plume, la communauté des Africains de la jeune génération qui refusent la re-soumission et toutes les formes de dominations réductrices de la personnalité africaine. C'est qu'en Côte d'Ivoire, il est en bonne estime avec de nombreux confrères écrivains et poètes parmi lesquels on peut citer les figures émergentes dans l'anthologie de la littérature ivoirienne que sont Macaire Etty, Ismaël Toué, Josué Guébo, Hilaire Kobena, Jules Degny et son frère Samuel. Avec ces derniers, il a appris à apprécier le sens et la qualité de l'amitié sans *à priori*, une amitié non bornée qui ne souffre pas des préjugés provoqués par les barrières frontalières qui engendrent très souvent des sentiments de xénophobie qui font tant de mal dans plusieurs contrées de notre continent et qui font les choux gras de la presse internationale raciste, friande de désordres mortifères et de macchabées exotiques.

Vondoly a suivi les péripéties de la crise ivoirienne en pensant à ses amitiés et s'est laissé traverser par les cris de douleurs de tout le peuple ivoirien meurtri par une guerre idiote parce que sans fondement réel, mais organisée, juste

---

de ces poèmes ont été souvent repris dans la presse écrite ivoirienne ou en ligne proche de Laurent Gbagbo. Voir aussi son recueil de poèmes *Couronne de lauriers,* Editions Continents, Lomé, 2020.

[4] Thierry Mbepgue Tafam, *Tourbillon d'émotions,* Douala, 2020. J'ai été le préfacier de ce recueil de poèmes.

pour courber l'échine à un homme qui a osé refuser de se comporter comme un sous-préfet de Paris, se dressant ainsi contre les ambitions des impérialistes de notre temps. C'est au nom de ces amitiés qu'il a suivi la chute du régime de Laurent Gbagbo, et l'humiliation de Simone son épouse. Et depuis cette date du 11 avril 2011, le regard braqué sur la Côte d'Ivoire, il s'est donné la tâche de suivre les épreuves du peuple ivoirien et de son charismatique président fait prisonnier d'abord puis conduit à La Haye, et de consigner tous ces faits dans un carnet – certainement pour ne pas oublier –. Ce sont les fruits de ces notes qu'il publie sous forme de recueils de 30 poèmes sous le titre de *Carnet d'un voyage à La Haye*.

Malgré le genre littéraire choisi, – la poésie –, cet ouvrage de Vondoly est un mémento qui témoigne de part en part des faits de la crise ivoirienne aux conséquences macabres douloureuses et insupportables qui perdurent jusqu'à nos jours et qui choquent son esprit panafricaniste et souverainiste.

Dès qu'on ouvre ce recueil de poèmes, l'on est frappé d'abord par son sentiment de désapprobation de l'horreur dans laquelle a baigné la Côte d'Ivoire, horreur dont il ne comprend pas les fondements :

« *Qui peut comprendre les soubresauts/Les combines sordides de notre temps ?* s'interroge-t-il.

Personne, en effet, ne peut comprendre en ce 21e siècle, ce qui est arrivé à la Côte d'Ivoire, ce pays reconnu jusque-là comme un *Havre de paix et d'amour/Creuset d'allégresse et du bien-être... La cité d'où jaillissaient la joie et le bonheur... Le poumon de l'économie africaine.*

Avec lui, de nombreux Africains ne comprennent pas pourquoi ce *paradis... la terre de toutes les merveilles,* a pu être brutalement mitraillé, canardé, canonné et pilonné par la Force Licorne, armée de la France qui, en appui aux forces rebelles, s'est comportée comme une force de réoccupation coloniale. Ce faisant, la France a fait de la Côte d'Ivoire le *précipice des horreurs/Le nid de la mort.* Ils ne comprennent surtout pas comment cette France, *Fille aînée de l'Église* a pu se rendre coupable de tant de *nuisances* avec ses *chars partout dans la ville* occasionnant des *charniers ornant les quartiers.* Le bilan de l'agression militaire française, on le connaît : 3 000 morts. On ne le dira jamais assez : la France a été au cœur du génocide ivoirien[5].

De sa terre natale, Vondoly suivra de loin, comme l'a fait l'évangéliste Marc à la suite de Jésus-Christ passant de ses moments de gloire de Dieu fait homme à ses épreuves sur la Croix rédemptrice, l'œuvre destructrice des rebelles montés et actionnés par Paris. Il stigmatisera ces Africains *ennemis* de l'Afrique qui *ont tenu l'étendard de la haine/Brandi comme une distinction internationale/Encouragés par des racistes réputés.* Puis, après avoir crié son désarroi de voir le président ivoirien *la victime présentée comme un bourreau,* il décrira *la dernière bataille de Cocody*, celle qui s'est opérée autour de la résidence du Chef de l'État, avec des détails dramatiques, horribles et écœurants. Cette bataille, en effet :

Décisive, ravageuse et indescriptible
Fut la guerre livrée au maître de la maison.
Des tirs à l'arme lourde ont retenti
Et ont fait fuir les habitants du quartier,
Le quartier qui abritait le timonier.
(...)
De jour comme de nuit,
La fumée inhalable des gaz lacrymogènes,

[5] Cf. à ce propos mon ouvrage *Côte d'Ivoire : l'énigme des 3000 morts. La France au cœur du génocide ivoirien,* L'Harmattan, Paris, 2016.

Des bombes atomiques et des mitrailleurs.
Ce n'est pas la troisième guerre mondiale
Mais les dégâts sont plus qu'inestimables.
Des vies humaines sont devenues de la poussière
Jetées en l'air pour s'éparpiller dans le ciel.

Tout cela est arrivé à cause de *la division et la haine* entre les Ivoiriens, mais aussi à cause de la volonté des chocolatiers de contrôler l'or brun. Mais grâce à Dieu, la funeste immolation projetée du président Laurent Gbagbo et de son épouse sur l'autel des ambitions impérialistes et les avidités des assoiffés locaux du pouvoir n'a pu avoir lieu. Ils sont sortis vivants des sous-sols immergés des décombres de leur résidence bombardée. C'est alors que Vandoly, comme les Ivoiriens et de nombreux Africains, s'est mis à admirer l'homme, désormais vu comme un miraculé et un héros *Le grand héros d'Eburnie/ (...) Le véritable héros pour l'Afrique/ (...) Vaillant combattant pour une Afrique paisible/*, cette Afrique qu'il n'a jamais voulu brader. Même si ce dernier a été plus tard déporté à La Haye, Vondoly s'est laissé convaincre qu'il ne périra pas là-bas comme ce fut le cas de ses malheureux ancêtres africains, et dans une assurance prophétique, il annoncera son retour triomphal pour apaiser les cœurs meurtris. Il écrit :

Gbagbo rentrera dans son pays
Eh bien, n'en déplaise à la CPI ;
La vérité triomphera un jour
Il verra les siens pour toujours.

En attendant ce grand moment attendu dans toute l'Afrique, Vondoly ne manquera pas de garder son œil de patriote africain toujours ouvert comme celui de Zakwato, personnage mythique du poète ivoirien Azo Vauguy qui s'est arraché les paupières pour ne plus être surpris par les horreurs et les tragédies qui courent en Afrique afin de traquer les comportements inacceptables des Africains parasites, buveurs de sang, usurpateurs de pouvoirs dans le sang, et de *nouer une aube nouvelle/ et bâtir la patrie nouvelle/ Afrique, Afrikaaa* ![6] Il ne manquera pas au passage de dénoncer l'injustice internationale à travers la Cour pénale internationale désormais réputée d'être un instrument au service de l'Occident impérialiste et d'être une *fabrique de preuves invisibles* pour garder derrière les barreaux les leaders africains indociles et remuants.

J'ai eu beaucoup de plaisir à parcourir ce recueil de poèmes dans lequel je me suis retrouvé.

En me choisissant de préfacer son ouvrage, Vondoly m'honore d'abord de son amitié, une amitié qui s'est nouée à Grand-Lahou, à l'occasion de la 5e édition du Festival Effrouba de notre compatriote Jules Degni et qui s'est raffermie. Cette amitié s'est liée autour du livre, à la demande du Premier ministre Joseph K. Koffigoh qui a bien voulu le conduire à moi, en tant qu'éditeur, afin que je puisse compter parmi les auteurs publiés dans sa maison d'édition. Cette rencontre a donné lieu à des échanges féconds qui ont abouti à la publication de deux œuvres poétiques chez les *Editions Continents.*[7] Ensuite, je l'ai compris ainsi, il sait que je fais partie des Intellectuels ivoiriens qui ont mis leur plume à contribution pour dénoncer la forfaiture *françafricaine* qui a eu lieu en Côte d'Ivoire et pour défendre la souveraineté de nos États. Je voudrais ici le remercier pour son sens de l'amitié, mais aussi pour s'être joint aux Ivoiriens et aux nombreux Africains qui se battent au nom de la fraternité africaine,

---

[6] Azo Vauguy, *Zakwato. Pour que ma terre ne dorme plus jamais,* Vallesse Editions, Abidjan, 2009, p. 29.

[7] Cf. Lazare Koffi Koffi, *Météo politique* et *Dieu pleura…* publiés en 2020.

pour la LIBERTÉ de l'Homme noir, la LIBÉRATION de l'Afrique et pour la cause du président Laurent Gbagbo, injustement écarté du pouvoir par la France.

Lazare KOFFI KOFFI
Ancien ministre
Journaliste, historien
Essayiste, dramaturge
Poète et romancier.

1. CARNET D'UN VOYAGE À LA HAYE (I)

À Laurent Gbagbo

Victime de longues années durant,
Victime présentée comme un bourreau,
Qui peut comprendre les soubresauts
Les combines sordides de notre temps ?

Loyal serviteur du peuple hier,
Confondu avec les tyrans d'aujourd'hui,
Pour d'énormes torts et ennuis
Causés en son nom et tenu en lisière.

Un Laurent Gbagbo derrière les grilles,
Loin de ses Éléphants et Éléphanteaux,
C'est l'histoire d'un véritable étau
Qui se resserre autour d'une cité qui brille.

Gbagbo envoyé au ghetto à jamais
Pour y passer le reste de sa vie,
Qui pouvait l'imaginer qui l'aurait prédit
Pour un combattant, artisan de la paix ?

Gbagbo au ghetto pour que règne ADO,
C'est le calvaire des enfants innocents,
Contraints à payer le prix du sang
Versé pour offrir la cité aux Yovos.

Gbagbo en taule après tant de résistance,
C'est le comble d'une guerre murie et livrée
Aux citoyens tranquilles longtemps ciblés
Par la Fille Aînée de l'Église faite de nuisance.

Gbagbo Laurent derrière les barreaux,
Dieu ! Aie pitié des citoyens trop hautains

Pour le grand malheur des peuples sereins
Tant tournés en bourrique sur le carreau.

Laurent Koudou Gbagbo devant la justice,
Quel avenir pour de vaillants Éléphants
Décidés à toujours demeurer résistants
Face aux hommes agissant dans l'injustice ?

Kara, le 6 juillet 2012

2. CARNET D'UN VOYAGE À LA HAYE (II)

À Macaire ETTY

Pour des pages sombres de l'histoire
Ouvertes au péril de pauvres nations,
Vous répondrez malgré vos propensions
À toujours chercher des échappatoires.

Pour des hécatombes provoquées
Par le massacre de vos populations
Lors de pacifiques manifestations,
Vous irez tous à La Haye, interloqués.

Pour de graves crimes ici commis
Sur des populations sans pouvoir,
Vous irez là-bas à La Haye s'assoir
Sur le banc des hommes insoumis.

Pour le sang versé sur cette terre,
Le sang des populations affamées,
Poussées à la rue pour être brimées,
Vous irez rejoindre vos compères.

Quels que soient vos pouvoirs,
Vos stratagèmes et vos détours
Vous l'effectuerez tous un jour,
Pour répondre de vos déboires.

Kpalimé, le 11 mars 2013

3. REPARTIR À ZÉRO

À Ismaël TOURÉ

La nuit,
Des coups de mortier,
De Kalachnikovs, de HH 20,
Le beau matin,
Les chars partout dans la ville,
Les charniers ornant les quartiers.
Et c'est ici que cela se passe.
Ici, havre de paix et d'amour,
Ici, creuset d'allégresse et du bien-être
Ici, devenu précipice des horreurs,
Le nid de la mort,
La mort sans permis,
La mort des destinées oubliées.
De jour comme de nuit,
La fumée inhalable des gaz lacrymogènes,
Des bombes atomiques et des mitrailleurs.
Ce n'est pas la troisième guerre mondiale
Mais les dégâts sont plus qu'inestimables.
Des vies humaines sont devenues de la poussière
Jetées en l'air pour s'éparpiller dans le ciel.
Et c'est fini,
Il faut tout recommencer,
Repartir à zéro, pour construire la cité
Et dire que c'est ici que cela se passe,
Ici, la terre de toutes les merveilles,
C'est le monde à l'envers.

Lomé, le 07 avril 2011

4. LE PARADIS BOMBARDÉ

Au peuple ivoirien

Que dire de la cité lumière,
La cité d'où jaillissaient la joie et le bonheur,
Transformée en tas de charniers ?

Que dire d'elle,
La cave aux Éléphants,
Le poumon de l'économie africaine,
Le souffle des charognards de coopérants
Qui savent négocier en leur seule faveur
En réduisant les récalcitrants à quia ?

Que dire des Éléphants et des Éléphanteaux,
Peuples au cœur dur comme de fer, courageux,
Peuples aux mains d'ivoire,
De café et de cacao,
Devenus des oiseaux abattus partout.
Que dire du pays du Bélier Boigny,
Pays redouté et redoutable par sa clarté ?
Les armes ont remplacé les négociations,
La paix s'est volée en éclat
Laissant des traces de sang,
Le sang des innocentes victimes
D'une guerre qu'ils n'ont pas allumée.

D'une main forte,
Les ennemis ont tenu l'étendard de la haine
Brandi comme une distinction internationale,
Encouragé par des racistes réputés.

Au menu,
Le cacao, le café,
Discutés à coups de manœuvres

Pour le bien de la race immaculée,
Les élus de l'autre côté du ciel.
Que dire de la cave aux Éléphants aujourd'hui,
Après tant d'années de sacrifices
Pour l'indépendance acquise de hautes luttes ?
Et ses enfants ont cessé d'être autonomes
Pour dépendre des dieux de l'Occident,
Fournisseurs agréés des armes à feu,
Défenseurs des droits de l'Homme par excellence,
Ambassadeurs de la Paix partout dans le monde.
Ah ! Quelle horreur !
Je leur dis Yako !
Comme ils savent le dire eux-mêmes.

Lomé, le 13 avril 2011

5. LA DERNIÈRE BATAILLE DE COCODY

Décisive, ravageuse et indescriptible
Fut la guerre livrée au maître de la maison.
Des tirs à l'arme lourde ont retenti
Et ont fait fuir les habitants du quartier,
Le quartier qui abritait le timonier,
Affectueusement surnommé « le boulanger ».
Plus de peur que de mal.
La résistance était aussi vive que drastique,
Mais l'offensive était déjà partie
Pour ne plus laisser aucune chance aux récalcitrants.
Le maître des lieux sentit lui aussi
Que la bataille était fatale pour lui
Mais il résista à coups de conseils fallacieux,
Des encouragements mortels.
Combien de temps aura-t-elle duré,
Cette bataille de mort engagée depuis quatre mois ?
Seulement environ quelques heures
Et ce fut la fin, le dernier tournant
Tant attendu par les prétendus prophètes du renouveau.
Et elle a eu lieu
La bataille de Cocody,
Le combat mortel d'Abidjan,
La guerre décisive et redoutable d'Abobo.
Plus de chance au camp vaincu.
C'est la reddition forcée,
Le dernier cessez-le-feu,
Et les gagnants, et les perdants étaient connus
Mais ont pris la place, la division, la haine et le chaos.
C'est l'Afrique de la nouvelle génération de dirigeants.

Lomé, le 12 avril 2011

6. À LA HAYE

À Me Joseph Kokou KOFFIGOH

Sur la longue route de La Haye,
Ils méditeront plus sur leur vie,
Ils seront rongés par l'envie
De revenir corriger leurs failles.

Dans les décombres de la solitude,
Loin de leurs pauvres populations,
Ils chercheront en vain des occasions
Pour les sauver de leur servitude.

Dans les mailles de la justice,
Ils se rappelleront des punitions
Tant infligées à leurs populations,
Esclaves de leurs injustices.

Là-bas, ils iront refaire leur vie ;
Ils iront regretter d'avoir opprimé
Leurs peuples, de les avoir affamés,
Et de les avoir pas bien servis.

Dans les grands murs de la CPI,
Ils respecteront les droits humains ;
Ils cesseront aussi d'être hautains,
Parce qu'ils auront déjà failli.

Kara, le 6 juillet 2012

7. SOLILOQUE À LA HAYE

À Josué GUEBO

Quand je leur servais bien mon café,
Mon adorable café qui leur plait tant,
Ils m'amadouaient autour des buffets,
Sans me prendre pour un récalcitrant.

Quand je les soutenais avec mon cacao
Pour préserver leurs pouvoirs menacés,
Ils me chantaient en chœur bravissimo !!!
Prenant mes résolutions pour panacée.

Quand je leur donnais à temps du grisbi
Pour sauver leurs économies des crises,
J'étais le bon citoyen, le stratège, à l'abri
De leurs critiques, fidèles à mes devises.

Quand je leur donnais des coups de main
Dans les moments difficiles de leur règne,
J'étais un ange et non un homme de main,
Ils lavaient mes pieds pour boire ma vigne.

Quand je solutionnais toutes leurs difficultés,
J'étais champion en respect des droits humains,
Le promoteur de la bonne justice et de l'équité,
Sans être pris pour un bandit de grand chemin.

Aujourd'hui, je suis une cible, une proie,
Attachée à leur faim d'assujettir mon pays
Et de faire porter à mon peuple la croix,
En m'envoyant très tôt à la CPI.

Je ne serai plus là, mais vous ne réussirez pas
À mettre toutes mes populations dans la poche,

À vouloir toujours calculer et à recalculer ses pas,
Car pour leur salut, elles ne rateront plus le coche.

Kara, le 6 juillet 2012

8. SAUVE-QUI-PEUT

Ils étaient tous unanimes
À tourner le dos au frère Koudou
Lorsque sa case a pris feu,
À lui lancer des propos orduriers
Et à lui faire livrer une guerre sans merci.
Les cris de l'homologue qui,
Quelques mois auparavant résonnaient bien
Dans toutes les oreilles comme de belles mélodies,
Étaient devenus trop assourdissants pénibles.
Des sanguinaires ont vendu sa tête sous main,
Des tortionnaires ont signé des résolutions
Pour en finir avec lui une fois pour toutes,
Des dictateurs ont montré son pays de la main gauche
Tâchée des débris de son café et de son cacao
Ensaqués il y a seulement quelques heures,
Et tous, ils se sont mués en donneurs de leçon,
Eux qui ont enjambé des millions de cadavres
Pour aller s'assoir dans leurs fauteuils présidentiels,
Eux qui ont massacré leurs populations
Pour prendre leur destinée en main couverte de sang.
Ils connaissaient très bien la chanson entonnée
Sur la Côte de l'Ivoire devenue indésirable,
Mais ils se sont tus comme des muets,
Des petits enfants qui viennent de vagir.
À chaque coup d'obus sur le toit
De ce célèbre boulanger grâce à qui
Ils ont tous nourri leurs peuplades affamées,
Ils criaient alléluia à casser la gorge.
Et même le dernier jour,
Lorsque leur homologue a perdu tout contrôle,
Ils ont tous sauté de joie dans leurs palais
Vulnérables au tsunami à n'importe quel moment,
Applaudissant la fin du guide gênant,

Le farouche opposant au blanchiment de la valeur africaine,
L'infatigable *antifranceafrique*,
De peur d'être lâchés ce jour où ça chauffera chez eux.
Quelle belle leçon de sauve-qui-peut !

Lomé, le 12 avril 2011

9. TÔT OU TARD

Nous irons nous aussi à la CPI
Avec nos vieux et poissés treillis
Même si nous sommes protégés
Par des princes hyper enragés.

Nous irons rejoindre Gbagbo
Malgré nos gueules très fortes,
Et nos toutes puissantes escortes,
Accompagnés de nos alter ego.

Que nous soyons de Lomé ou de Damas,
De Casamance ou de Misrata,
Nous irons rejoindre Charles Taylor
Pour répondre de nos âneries.

Aujourd'hui ou demain,
Nous irons là-bas nous aussi,
Dans des vieux avions roussis
Par le sang des êtres humains.

Tôt ou tard, un matin ou un soir,
Nous nous y rendrons sans complaisance
Malgré notre célèbre puissance,
Sur les compatriotes sans pouvoir.

Entre La Haye et la mort, nous ferons le choix
Le choix le plus simple et judicieux,
Juste pour aller faire des aveux
Pour avoir guillotiné sur le dos de la loi.

Lomé, le 24 février 2012

10. SIMONE

Dame de fer au sang chaud
Forgée dans le grand moule
Des meilleurs bains de foule
De la résistance et d'assauts.

Dame aux veines endurcies
Par des combats séculaires
Avec son Laurent téméraire
Qui jamais ne s'est endormi.

Dame au courage d'un Toro
Défiant les tempêtes du Nord,
Forte, brave, malgré des torts
Des orages venant d'en haut.

Simone le Rambo téméraire
Inébranlable sous le fardeau,
Même derrière ces barreaux,
Si dure, si difficile à faire taire.

Depuis la Haye, son Laurent
Restera fier d'elle sans doute
L'humanité restera à l'écoute
De leurs sorts après ce vent.

Lomé, le 26 octobre 2016

11. LE HÉROS D'EBURNIE

À Hilaire KOBENA

Tu sautas le verrou qu'est l'ivoirité,
Pour que le francophile à problèmes,
Naguère banni, puisse avoir la liberté
De postuler à la magistrature suprême.

Avec ténacité, tu amnistias et acceptas
Le rebelle qui fit retarder vos élections,
Et dont tu supportas tous les désidératas
Avant qu'il ne participe à ta déportation.

Tu es un véritable héros pour l'Afrique,
L'Afrique que tu n'as pas voulu brader
Comme le voulait l'Élysée dogmatique,
Qui t'avait malhonnêtement bombardé.

Tu es un héros à la trempe de Lumunba
Qui sacrifia sa vie pour sauver l'Afrique,
Et de Martin Luther King dont le combat
Demeure jusqu'aujourd'hui fantastique.

Le monde entier te reconnaitra les valeurs
Que tu as nourries pour ce beau continent,
Source de tes humiliations et déshonneurs,
Toi Laurent des discours vrais et pertinents.

Tu n'es pas blanc comme la neige, Laurent,
Mais tu sais reconnaître tes limites, défauts,
Valeurs et défis pour la paix d'un continent
Que tu honores, même derrière les barreaux.

Tes acquis te feront graver dans la mémoire
De toute l'Afrique dont on envie la richesse,

L'Afrique que tu as pris pour la Côte d'Ivoire,
L'Afrique qui n'oubliera jamais tes prouesses.

Courage à toi, Woody, grand héros d'Eburnie,
Vaillant combattant pour une Afrique paisible,
Monument de la lutte pour la vraie autonomie
D'une Afrique aux caisses noires et invisibles.

Tu ne périras pas là-bas à La Haye, Laurent,
Tu verras l'Afrique rayonner sans l'Élysée,
Tu verras Nicolas étreindre les grands vents
Pour regretter tout ce dont il t'avait accusé.

Lomé, le 24 avril 2015

12. MERCI À LA LICORNE

Un merci à la Force Licorne
Qui fit pleuvoir des bombes
Pour que surgisse en trombe
Le sauveur à la grande corne.

Et la Force Licorne exécuta
Les désirs de la belle France
Qui impose des souffrances
À l'Afrique que Woody aida.

Un merci à la Force Licorne
Qui mena la violente guerre
Pour maîtriser une panthère
Qui n'exhibe pas ses bornes.

Elle était là pour un objectif
Veiller au départ de Gbagbo
Et mettre son pays au chaos
Afin de voler tous ses actifs.

Un merci à la Force du mal
Qui changera tout un destin
Plongé dans un vif chagrin
Que le monde supporte mal.

Aujourd'hui le monde saura
De quoi est faite la Licorne
Qui osa dépasser les bornes
Comme Nicolas le souhaita.

Quand ici Gbagbo va revenir
Il remerciera ses fidèles amis

Même ceux devenus ennemis
Par contrainte de leur devenir.

Lomé, le 11 août 2014

13. GBAGBO AU GHETTO

À Jules DEGNI

Victime de longues lunes durant,
Bourreau émérite en un seul jour,
Qui peut comprendre les détours
D'un si farouche et digne opposant ?

Loyal et bon serviteur du peuple hier,
Grand autocrate malfamé aujourd'hui,
Il a causé tant de torts et d'ennuis
Aux siens plongés dans la misère.

Un Laurent Gbagbo derrière les grilles,
Loin de ses Éléphants et Éléphanteaux,
C'est l'histoire d'un véritable étau
Qui se resserre autour d'une cité qui brille.

Gbagbo envoyé au ghetto à jamais
Pour y passer le reste de sa vie,
Qui pouvait imaginer un tel sursis
Infligé à un combattant pour la paix ?

Gbagbo au ghetto pour que règne ADO,
C'est le passage de la bourgeoisie à la roture,
Difficile à raconter aux générations futures
À qui l'histoire ne fera jamais cadeau.

Gbagbo au gnouf après tant de slaloms,
C'est le simulacre d'un patriotisme avoué
Que le monde entier a longtemps loué,
Le visage d'un nationalisme à son summum.

Koudou Gbagbo Laurent derrière les barreaux,
Dieu, ait pitié des Chefs d'État trop hautains

Pour le grand malheur des peuples sereins
Tant tournés en bourrique sur le carreau.

Laurent Koudou Gbagbo devant la justice,
Une belle leçon aux loups habillés en agneaux
Qui ne cessent de massacrer leurs troupeaux,
Longtemps victimes de toutes les injustices.

Kara, le 6 juillet 2012

14. LES AMITIÉS DANS L'ÉPREUVE

À Samuel DEGNI

Quand la case de Gbagbo brûlait,
Ils sautaient et riaient aux éclats ;
Ils appréciaient ses derniers ébats,
Le prenant pour le dernier des dadais.

Quand le temps sifflait la fin de Koudou,
Ils se raillaient de son grand malheur ;
Ils œuvraient en sa grande défaveur,
Le considérant comme un vieux pou.

Quand Laurent comptait ses derniers jours
Sous les grandes rafales d'armes incendiaires,
Ils acclamaient le *françafricain* génocidaire,
L'immigré légal amoureux des sales détours.

Quand Laurent Koudou Gbagbo s'époumonait
Dans les décombres de la perfidie de la France,
Ils claudiquaient, exultaient pour ses souffrances,
Eux qui hier, l'adulaient et le dédouanaient.

Quand Laurent Gbagbo battait encore de l'aile
Dans les airs de la rébellion vivement soutenue
Par la Fille Aînée de l'Église, ils étaient résolus
À le pousser jusqu'au bout en se faisant la belle.

Quand Gbagbo était combattu telle une poiscaille
Dans une eau douce, ils étaient unanimes à l'épier
Du haut de leurs piédestaux, après l'avoir tous pillé,
En oubliant qu'ils iront un jour rejoindre la racaille.

Quand c'en était fini pour Laurent Koudou,
Ils ont poussé un grand ouf de soulagement,

Oubliant qu'ils s'avancent eux aussi inexorablement
Vers La Haye pour découvrir leurs sales dessous.

Kpalimé, le 29 mars 2012

15. AU GOÛT DES ÉCORNIFLEURS

Après s'être procuré de ton cacao,
Ils t'ont infligé la théorie du chaos
Et t'offrent aujourd'hui en cadeau
Aux promoteurs de leurs réseaux.

Après leur avoir servi de bon roseau,
Tu es soumis à la fureur des vétos,
Expédié sans pitié par des mafiosos
Vers le bagne, pour porter seul tes fardeaux.

Ils ont tout fait pour obtenir ta peau,
Te contraignent à pleurer comme un veau ;
Seul, avec ta croix et sous ton joug pataud,
Et tu les graveras dans tes vieux mémentos.

Après t'avoir réduit en un melon d'eau,
Ils t'ont engouffré dans un porte-à-faux,
Bien ligoté comme un véritable badaud,
Remis aux hommes promoteurs du faux.

Tu es tombé, rabaissé grâce aux ragots
Des vieux écornifleurs jamais réglo,
Qui ont réveillé en Joseph, les robots
D'une lyre qui crie tes déveines sans égo.

Pour n'avoir pas eu les deux pieds dans les sabots
En défiant toujours et sans cesse leurs embargos ;
Tu es vite coincé, réduit à quia, envoyé au poteau
Pour assouvir la faim des amoureux des magots.

Kpalimé, le 27 mars 2012

16. ILS S'Y RENDRONT

À l'Afrique

Bourreaux aujourd'hui, victimes demain
Ils cheminent vers les grandes Cours,
Ces dinosaures aguerris, sans secours,
Qui croient en leurs hommes de main.

Quelle que soit la lenteur de la marche,
Ils s'y rendront, aujourd'hui ou demain ;
Ils répondront de leurs actes inhumains
Contre leurs peuples rompus à la tâche.

Ils prendront tous ce vol aller sans retour
Malgré leur puissance hyper surnaturelle ;
Ils suceront jusqu'au noyau des prunelles,
Comme de leurs nations, les mauvais jours.

Ils iront un jour là-bas, jeunes ou vieux,
Puissants ou faibles, amis et complices
Pour goûter eux aussi aux supplices
Tant infligés à leurs peuples miséreux.

Un jour, ils s'y rendront bon gré mal gré,
Les dictateurs et leurs piles de préjudices
Causés aux populations à mille sacrifices,
Habituées aux hécatombes de haut degré.

Ils iront tous là-bas qu'ils le veuillent ou non,
Pour répondre de tous les crimes crapuleux
Commis par des dirigeants hyper mafieux
Sur des peuples habitués aux coups de canon.

Lomé, le 18 juin 2012

17. QUE DIREZ-VOUS CE JOUR-LÀ ?

Que direz-vous ce jour-là
Après les massacres des vôtres
Dont les cris montent jusqu'à la CPI ?

Que direz-vous ce jour-là
Quand vous serez derrière la barre,
La grande barre sans complaisance,
Après tant de torts causés à vos nations ?

Que direz-vous ce jour-là
Quand vous sera exhibée
La longue liste des victimes
De vos massacres et barbaries ?

Que direz-vous ce jour-là
Quand devant vous,
Seront projetés
Les films de vos assassinats,
Les vidéos de vos enlèvements,
Les images navrantes de vos actes de torture ?

Que direz-vous ce jour-là
Lorsque vos grenades et gaz lacrymogènes
Vous lâcheront pour toujours ?

Que direz-vous ce jour-là
Quand vos hommes de main
Vous auront abandonnés ?

Que direz-vous ce jour-là
Quand devant des juges,
Vous serez appelés à justifier
Les répressions itératives de vos peuples

Dans les rues,
Dans les marchés,
Dans les églises,
Dans les mosquées,
Dans les écoles,
Dans les universités,
Dans leurs domiciles,
Même dans leurs cachettes ?

Que direz-vous ce jour-là
Que répondrez-vous
Quand on vous posera des questions
Sur les souffrances que vous avez infligées
À vos populations, à vos concitoyens ?

Que direz-vous ce jour-là ?

Kara, le 6 juillet 2012

18. CLIN D'ŒIL

Je me souviens de vous
Chaque fois que je revois
Les traces de vos parents
Qui ont quitté ce monde
Précipitamment malgré eux,
Eux qui ont lutté
Pour notre liberté,
Eux qui ont jeûné
Pour notre souveraineté
Difficile à concrétiser,
Eux qui ont payé de leur engagement
Le prix de la démocratie
Dans nos nations.

Je me souviens de vous
Chaque fois que je revois
Les images de vos frères et sœurs
Battus à mort
Lors des marches de protestation
Contre les aberrances des tyrans
À la tête de nos nations
Toujours assujetties à la dynastie.

Je me souviens de vous
Chaque fois que je me promène
Sur les boulevards où sont tombés
Vos enfants, amis et connaissances,
Sous les coups violents de la répression,
Seul moyen aux vôtres
De répondre à vos revendications légitimes.

Chaque fois que je revois
Les traces du départ horrible

De vos parents,
Je me souviens de vous,
Je plains votre sort dans ce monde,
Ce monde embrasé par le feu,
Le feu de l'adversité,
Le feu de la perversité,
La perversité des humains
Contre leurs semblables.

Chaque fois que je revois tout cela,
Je me souviens de vous tous
Sans exception,
Mais ma main ne peut vous atteindre
Où que vous soyez
Dans le coin le plus reculé de la terre.

Lomé, le 24 février 2012

19. LES FILS DU SANG

Ils versent et font verser du sang,
Toujours du sang des populations,
Le sang des millions d'innocents,
Pour nourrir de vieilles ambitions.

Ils versent et font verser du sang,
Le sang des générations sacrifiées,
Pour se proclamer à jamais tyrans,
Au péril des populations crucifiées.

Ils commettent des crimes de sang
Pour tenir leurs peuples en respect,
En collusion avec des conquérants,
Des coopérants aux actes suspects.

Du sang rouge pour venir au pouvoir,
Du sang pur pour s'y établir à jamais,
Du sang pur pour feinter leurs devoirs,
Du sang pur pour le garder sans relais.

Esclaves du pouvoir, ils ôtent des vies,
Des millions de vies à compter un jour,
Ce jour où ils dévoileront leurs vilénies,
Derrière les barreaux des grandes Cours.

Pour le sang humain versé ici ou ailleurs,
Les bonnes sanctions tomberont un jour,
Quels que soient nos pouvoirs et faveurs
Et le monde découvrira nos visages sans frayeur.

Kara, le 6 juillet 2012

20. DU SANG

Du sang pour tout avoir
Du sang pour tout donner
Du sang pour rien faire
Du sang pour abêtir
Encore et toujours du sang
Pour que tout se meuve et s'éteigne.
Du sang à l'arrivée
Du sang au départ,
C'est le contrat signé avec les démons
De l'Occident, le trouble-fête.
Du sang, du sang humain
Pour tout obtenir dans ce jeu périlleux.

Tohoun, le 12 décembre 2010

21. SORO-OUATTARA OU LE CRÉPUSCULE D'UN RÈGNE USURPÉ

Grâce à leurs sordides manigances
Pour plaire à Sarkozy et à la France,
Laurent Koudou Gbagbo fut humilié
Et expédié à La Haye les mains liées.

Après les beaux temps, c'est la pluie
Dans le Palais guetté par des ennuis,
Ainsi en est-il pour le tandem vicieux
SORO-OUATTARA les amis ambitieux.

Apparemment, l'heure semble sonnée
Aux alliés de fait, de se « découronner »
À cause de ces ambitions café-cacao
Pour lesquelles ils avaient puni Gbagbo.

Ils se regardent en Chien de Faïence,
Le rebelle rusé si oublié par la justice
Et son sponsor l'épouvantail français,
Pour des différends entravant la paix.

Qu'est-ce qui n'a donc pas pu marcher
Pour que contre l'un, l'autre soit fâché
Au point de vouloir se rentrer dedans
Par des actes cachés, mais blessants ?

Belle lune de fiel pour Soro et Ouattara
Les grands bourreaux du fils de Bouna,
Bien hantés par les milliers de victimes
Qui n'eurent jamais commis de crimes.

Proches de Soro surveillés ou enfermés,
Ouattara sentirait bien la grande fumée

Venir du gîte des élèves d'une rébellion
Livrée à Gbagbo au péril de sa Nation.

Qui veut la paix prépare la guerre dit-on,
Les deux amis maîtrisent bien le dicton,
Et s'y mettent déjà chacun à sa manière ;
Koudou les observera depuis sa tanière.

Pour une Constitution taillée sur mesure
Le privant de cette suprême magistrature
Qui l'obligera à répondre de tous ses crimes,
Soro est prêt à faire de nouvelles victimes.

Au soir d'un pouvoir usurpé par les armes
Les amis sembleraient au bord des larmes ;
Dans les coulisses ils se livrent une guerre
Dont l'apothéose demeurera bien hors pair.

Lomé, le 9 décembre 2016

22. DEUX POIDS, DEUX MESURES

Justice avez-vous dit ?
Justice ! Laquelle ?
Justice internationale !
Celle qui broie les faibles
Qui ont tort d'avoir raison
Et protège les forts
Qui ont raison d'avoir tort ?

De quelle justice parlez-vous ?
La justice des plus armés
Qui fait taire et honnit les victimes
Et applaudit les grands bourreaux ?

Justice internationale
Synonyme de l'injustice
Au service des désespérés
Avides du pouvoir,
Prêts à tout pour y accéder,
Même dans le sang !

Justice de deux poids, deux mesures,
Justice établie dans la précipitation
Pour renverser l'ordre des choses,
Instaurer la zizanie à tout prix
Et semer le chagrin dans les cœurs.

Justice avez-vous dit ?
Justice ! Laquelle ?
Justice internationale !
Celle qui condamne
Sans preuve tangible ?

Conakry, le 6 novembre 2019

23. L'INJUSTICE INTERNATIONALE

Ils ont bien peur de dire le droit
Et de situer les responsabilités
Dans ce duel entre sensibilités
Dont le monde connaît le poids.

Ils ont raté cette belle occasion
De faire bien triompher la vérité
Tant escomptée par l'Humanité
Qui suit la scène avec attention.

Ils ont trop tourné autour du pot
Multipliant de graves balivernes
En enfermant dans leur caverne
Des citoyens kidnappés très tôt.

Qu'a-t-elle démontré, leur justice
De deux poids deux mesures
Pour bien vouloir jeter en pâture
Des Woody victimes d'injustices ?

Qu'ont-ils pu découvrir depuis là
Dans leurs enquêtes partisanes
Mettant à nu la justice en panne
Brandie pour leur belle vendetta ?

Rien, que de montages grossiers
Pour bien protéger les assassins
Et réaliser leurs grands desseins
Afin de piller la Cité aux caféiers.

Longue, très longue a été la nuit
Mais le jour de joie tant attendu
À fini par se lever comme prévu
Pour dissiper les grands ennuis.

Lomé, le 28 mai 2020

24. CRIS DE LIBERTÉ

Dès aujourd'hui libérez-leur la parole
Ils ne vous parleront plus en parabole.

Ne les prenez point pour vos ennemis
Ils réagissent au nom de la démocratie.

Ils savent eux aussi que liberté de presse
Ne doit nullement rimer avec maladresse.

Ils sont conscients de leurs dérapages
Mais épargnez-les de vos chantages.

N'allez donc pas comme à une guerre
Ayez patience pour régler cette affaire.

Ne vous contentez point des bitosards
Qui vous font plonger dans les hasards.

Reconnaissez très bien les vrais des faux
Distinguez les imposteurs et les agneaux.

Tôt ou tard, vous rebrousserez chemin
Pour tourner dos aux parvenus et crétins.

La presse n'est et ne sera pas une armée
Ces acteurs ne doivent pas être mal aimés.

Écoutez mes appels et sursoyez à ce ramassis
De nos incessants cris, ne faites pas du tout fi.

À dire que le système des Nations Unies
Se prête à ce jeu, l'on demeure bien ahuri.

Pour corriger les erreurs de notre presse
Il ne faut jamais dire que le temps presse.

Considérez-la toujours comme un lardon
À conscientiser et à ramener à la raison.

Libérez-nous donc la parole dès ce matin
Le soir, nous aurons des sourires sans fin.

Jetez vos cadenas à la poubelle aujourd'hui
Et cessez de causer à notre presse des ennuis.

Lomé, le 27 juin 2014

25. JE PLEURE...

Je pleure, je pleure ton avenir,
Toi qui as tendance à unir
Par des barbares répressions,
Mes pauvres populations.

Je pleure, je pleure ton avenir,
Toi qui as l'habitude de punir
A chaque instant, tes compatriotes
Qui, de tes âneries, en ont plein les bottes.

Je pleure, je pleure ton avenir,
Toi qui n'as la force que pour nuire
À l'épanouissement des concitoyens
Qui ne réclament que plus de moyens.

Je pleure, je pleure ton avenir,
Toi qui ne cesses de mentir
Par des communiqués nuls,
Signe de ton manque de recul.

Je pleure, je pleure ton avenir,
Toi qui aimes faire tressaillir
Des citoyens par des grenades,
Pris dans l'étau, telles de pauvres manades.

Je pleure, je pleure ton avenir,
Toi qui as le pouvoir de punir
Les amoureux de la répression,
Mais qui te tais, tel un couillon.

Je pleure, je pleure l'avenir de vos enfants,
Vous qui piétinez nos droits depuis des ans,

Sans même nous laisser le temps de l'exprimer
En ce 21e siècle où la démocratie est surestimée.

Cotonou, le 15 mars 2013

26. LA FABRIQUE DES PREUVES INVISIBLES

Elle a déçu le monde
Et terni sa réputation
Cette cour aux missions
Purement immondes.

Toute une belle décennie
Pour dégoter des preuves
Des preuves sans preuves
Car le faible doit être puni.

Justice aux ordres louches
Tant décriée par la masse
Justice qui crée l'impasse
Justice des enculeurs de mouches.

Abidjan, le 17 octobre 2019

27. GBAGBO REVIENDRA

Laurent reviendra à Abidjan
Faire la joie de ses partisans ;
Il retournera bien à Cocody
Apaiser des cœurs meurtris.

Laurent rentrera à Yopougon
A coups de sifflets et klaxons ;
Il retournera là-bas à Adjamé
Nourrir la population affamée.

Koudou reviendra à la Riviera
Tout ce beau monde le verra ;
Il retournera à Grand-Bassam
Avec des fanfares et tam-tams.

Laurent retournera à Korhogo
Tarir les larmes coulées à gogo ;
Il rentrera forcément à Bouaké
Faire sourire le peuple arnaqué.

Il reviendra ici en Côte d'Ivoire
Revoir toutes les vieilles gloires ;
Gbagbo retournera au Bercail
Continuer ses combats de taille.

Gbagbo rentrera dans son pays
Eh bien, n'en déplaise à la CPI ;
La vérité triomphera un jour
Il verra les siens pour toujours.

Grand-Bassam, le 12 octobre 2018

28. QUAND GAGNOA LE VERRA

Quand Gagnoa verra Gbagbo
Son contentement débordera
Toutes ses peines seront dissipées
Le sourire gagnera à nouveau ses lèvres.

Quand Gagnoa verra Laurent
Les jubilations seront grandes
L'amour du prochain l'envahira
Rien ne pourra plus les séparer.

Quand Gagnoa verra Koudou
L'espoir renaîtra dans les cœurs
Les oiseaux danseront à sa gloire
Les haines fuiront les maisons.

Quand Gagnoa reverra son Fils
Les années de souffrances seront oubliées
La paix sera le seul mot d'ordre
Le patriotisme revisitera les siens.

Quand Gagnoa reverra Gbagbo
Les choses redeviendront comme avant
Il n'y aura plus de prisonniers
Les âmes retrouveront la vie.

Quand Gagnoa reverra Gbagbo
Les larmes seront toutes séchées
Que de joie dans tous les cœurs
La fraternité aura pris le dessus.

Grand-Lahou, le 8 octobre 2019

29. EN ATTENDANT CE JOUR

À Simone Ehivet Gbagbo

En attendant ce beau jour,
Le jour de ce grand retour,
Le grand retour au bercail,
Bravez cette lutte de taille.

En attendant ce beau jour,
Le jour de ce grand retour,
Déblayez ce vaste terrain,
Demeurez fermes, sereins.

En attendant ce beau jour,
Le jour de ce grand retour,
Marchez dans la droiture,
Empêchez les forfaitures.

En attendant ce beau jour,
Le jour de ce grand retour,
Priez pour la réconciliation,
Fuyez les foyers d'illusions.

En attendant ce beau jour,
Le jour de ce grand retour,
Prônez tous les jours la paix
Espérez le grand jour parfait.

En attendant ce beau jour,
Le jour de ce grand retour,
Ne vous laissez pas dribbler,
Mobilisez la grande assemblée.

En attendant ce beau jour,
Le jour de ce grand retour,
Retroussez vos manches,
Ayez des paroles franches.

En attendant ce beau jour,
Le jour de ce grand retour,
N'oubliez guère les objectifs,
Restez unis face à l'impératif.

En attendant ce beau jour,
Le jour de ce grand retour,
Battez-vous pour Laurent,
Fuyez la diversion et l'argent.

Lomé, le 1er octobre 2020

30. TOUCHEZ PAS À MON KOUDOU

À Marius AKOUMANY

Malgré la grande distance,
Le peuple l'adore toujours ;
Il parle de lui tous les jours,
Il loue si bien sa prestance.

Dans les bars et les maquis,
Il ne parle de lui qu'en bien ;
Il doit compter sur les siens,
Qui défend si bien ses acquis.

Entre Koudou et les Ivoiriens,
C'est un beau récit d'amour,
Dont on connaît les contours,
Qui resserrent bien leurs liens.

Sur toutes les lèvres, Laurent,
J'en suis toujours bien ébahi,
Quand de Yopougon à Cocody,
Je fais le tour des restaurants.

Ne touchez pas à mon Koudou :
Le message passe toujours bien,
Pour éviter d'en venir aux mains,
C'est ainsi, d'Abidjan à Grand-Lahou.

Abidjan, le 8 octobre 2017

TABLE DES MATIÈRES

Dédicaces 7
Remerciements 9
Préface 11
1. Carnet d'un voyage à La Haye (I) 21
2. Carnet d'un voyage à La Haye (II) 23
3. Repartir à zéro 25
4. Le paradis bombardé 27
5. La dernière bataille de Cocody 29
6. A La Haye 31
7. Soliloque à La Haye 33
8. Sauve-qui-peut 35
9. Tôt ou tard 37
10. Simone 39
11. Le héros d'Eburnie 41
12. Merci à la Licorne 43
13. Gbagbo au ghetto 45
14. Les amitiés dans l'épreuve 47
15. Au goût des écornifleurs 49
16. Ils s'y rendront 51
17. Que direz-vous ce jour-là ? 53
18. Clin d'œil 55
19. Les fils du sang 57
20. Du sang 59
21. Soro-Ouattara ou le crépuscule d'un règne usurpé 61
22. Deux poids, deux mesures 63
23. L'injustice internationale 65
24. Cris de liberté 67
25. Je pleure 69
26. La fabrique des preuves invisibles 71
27. Gbagbo reviendra 73
28. Quand Gagnoa le verra 75
29. En attendant ce jour 77
30. Touchez pas à mon Koudou 79

Structures éditoriales du groupe L'Harmattan

L'Harmattan Italie
Via degli Artisti, 15
10124 Torino
harmattan.italia@gmail.com

L'Harmattan Hongrie
Kossuth l. u. 14-16.
1053 Budapest
harmattan@harmattan.hu

L'Harmattan Sénégal
10 VDN en face Mermoz
BP 45034 Dakar-Fann
senharmattan@gmail.com

L'Harmattan Cameroun
TSINGA/FECAFOOT
BP 11486 Yaoundé
inkoukam@gmail.com

L'Harmattan Burkina Faso
Achille Somé – tengnule@hotmail.fr

L'Harmattan Guinée
Almamya, rue KA 028 OKB Agency
BP 3470 Conakry
harmattanguinee@yahoo.fr

L'Harmattan RDC
185, avenue Nyangwe
Commune de Lingwala – Kinshasa
matangilamusadila@yahoo.fr

L'Harmattan Congo
67, boulevard Denis-Sassou-N'Guesso
BP 2874 Brazzaville
harmattan.congo@yahoo.fr

L'Harmattan Mali
ACI 2000 - Immeuble Mgr Jean Marie Cisse
Bureau 10
BP 145 Bamako-Mali
mali@harmattan.fr

L'Harmattan Togo
Djidjole – Lomé
Maison Amela
face EPP BATOME
ddamela@aol.com

L'Harmattan Côte d'Ivoire
Résidence Karl – Cité des Arts
Abidjan-Cocody
03 BP 1588 Abidjan
espace_harmattan.ci@hotmail.fr

Nos librairies en France

Librairie internationale
16, rue des Écoles
75005 Paris
librairie.internationale@harmattan.fr
01 40 46 79 11
www.librairieharmattan.com

Librairie des savoirs
21, rue des Écoles
75005 Paris
librairie.sh@harmattan.fr
01 46 34 13 71
www.librairieharmattansh.com

Librairie Le Lucernaire
53, rue Notre-Dame-des-Champs
75006 Paris
librairie@lucernaire.fr
01 42 22 67 13